KB024158

누군가의 시 한 편

시는 오래도록 펼럭이는 깃발이다

누군가의 시 한 편

시는 오래도록 펄럭이는 깃발이다

최승호

달아심

차례 1_시는 오래도록 펄럭이는 깃발이다

누군가의 시 한 편

시는 오래도록 펄럭이는 깃발 이다

지금 아름다운 음악이

아프도록 멀리 있는

것이 아니라

있어야 할 곳에서

내가 너무 멀리

왔다는 느낌

— 이성복의 시 「음악」에서

여울의 음악

여울에는 조약돌이 있다. 조약돌은 음표가 아니다. 악기도 아니다. 하지만 물을 만나 소리를 낸다.

여울은 현이 없다. 현 없이도 소리를 낸다. 물은 조약돌을 만나 소리를 내고 조약돌은 물을 만나 소리를 낸다.

조약돌이 물을 연주하는 것인지 물이 조약돌을 연주하는 것인지, 여울의 음악이 흘러가고 마음은 은하보다 더 넓어진다.

태양을 섬기는 중이다 장엄한 빛들을 쏘아대며 돌고 도
는 저것에게 환장하는 중이다 한 번도 나를 향한 적이 없
는 태양에게

　　사육당하는 중이다

　　— 이은림의 시 「태양 중독자」에서

파랑이 지저귄다

후두둑 후두둑
후박나무 잎사귀에
떨어지는 빗방울

천둥 소나기 지나간다
쌍무지개 지나간다

지나가지 않는 것은 나
어제도 나
오늘도 나
내일도 나

물방울 번쩍거리는 후박나무 가지에 앉아
큰유리새가 지저귄다
파랑 물감 한 덩어리처럼

내 왼쪽 어깻죽지에는 가을 새벽에 산을 오르는 호랑이
한 마리가 있다.

— 신용목의 시 「나비」에서

들꽃

자기의 솜씨를
다 보여주지 않는 꽃을
나는 본 적이 없다

꽃들이
자기의 솜씨를
다 펼쳐놓은 아름다움으로
있는 것을 보고

눈알이 묘하게 생긴 나비들이
너울너울
들꽃을 향해 날아든다

이도 저도 마땅치 않은 저녁
철이른 낙엽 하나 슬며시 곁에 내린다

그냥 있어볼 길밖에 없는 내 곁에
저도 말없이 그냥 있는다

— 김사인의 시 「조용한 일」에서

그냥 존재하는 사람

세상에는 말없이 그냥 있는 것들이 존재한다. 이슬, 낙엽, 눈사람, 달무리, 노을, 수평선이 그렇다. 세상에는 말없이 그냥 단순하게 사는 사람도 있다. 아무것도 바라지 않고 그 무엇도 되려 하지 않고 그냥 존재하는 사람, 무사인無事人.

너는 좀 바보 같은 나무물고기나 무심한 쇠물고기가 되었느냐. 그걸 물어보려고 바람은 산사의 풍경을 뎅그랑 뎅그랑 흔들어댄다.

어느 날 밤에 침대에 누워 내가 '나'라고 말할 때
그 말은 지평선처럼 아득하게
더 멀게는 지평선 너머 떠나온 고향처럼 느껴집니다.

— 심보선의 시 「'나'라는 말」에서

유리창의 눈물

나
하나뿐인 나
나,라는 슬픔의 매장량은
그 어떤 해저의 원유 매장량보다
깊고 캄캄한 것이다

겨울 아침이다
유리창을 닦고 있다

무한으로 뻗어나가는 투명한 시선에
잠시 매달리는 이슬들
그것을 나는
유리창의 눈물이라고 불러본다

고드름이여
어느 먼 나라에서 밤새 걸어왔는가

— 안도현의 시 「고드름」에서

망설임

　낮은 곳으로 흘러가던 물이 망설일 때가 있다. 강으로 바다로 계속 흘러가야 하는지, 아니면 지금 멈춰야 하는지. 고드름은 흘러가던 물이 망설이는 모습이다. 망설임 속에서 고드름은 자라고 하늘에서 내려온 코끼리의 코처럼 길쭉해진다.

　나무도 망설일 때가 있다. 하늘로 더 올라가야 하는지, 아니면 지금 멈춰야 하는지. 나이테는 나무가 망설인 흔적이다. 벌거벗은 채 우두커니 묵상에 잠겨 있는 겨울나무, 지상의 소리들을 조금 낮추라고 눈이 내린다.

올겨울은 토끼와 함께 눈 내리는 소파에서
조용한 나의 친구와 함께 마루에서
라르고 음악을 듣다가
굴을 파고

— 김행숙의 시 「음악 같은」에서

귀 속의 텅 빈 굴

입 두 개에 귀가 하나인 괴물을 생각해본다. 우리는 입 하나에 귀 두 개를 갖고 있다. 그래서 하나의 입으로 말하고 두 개의 귀로 듣는다. 모차르트도 그렇고 쇼팽도 그렇다.

귀는 텅 빈 굴과 같다. 고요 속으로 깊이 들어갈수록 귀는 크게 열린다. 굴 파는 토끼는 귀가 크다. 귀 속의 텅 빈 굴, 텅 빈 굴 속의 고요, 언제나 깨어 있는 고요가 소리를 향해 열려 있다는 것을 잊은 채 우리는 음악을 듣는다. 입을 다물고 두 귀를 쫑긋 세운 토끼처럼.

너의 손목에는
리본이 길게 이어져 있다

흩날린다 흩날린다
손목에서 리본이
리본이 리본이 푸른 리본이

— 이제니의 시 「잔디는 유일해진다」에서

리스본의 갈매기

갈매기는
하늘의 리본이 아니라는 것을
리스본에 와서 깨닫는다

밤새도록 창가에 앉아
정욕의 비린내를 게워대는 갈매기
구애의 울음소리에 뜬눈으로 밤을 새우고

밖을 내다보면 갈매기들이
하늘의 리본처럼 날아다니는
리스본 항구의 새벽

지린내 나는 골목에서
정어리 샌드위치를 먹던 노인들
정력적으로 늙은 포르투갈 노인들은 지금쯤
억센 손으로 밧줄을 풀며
풍랑 거센 대서양으로의 출항을 준비할 거다

아버지가 실내낚시터에서 돌아오시 않고
형은 노래방에서 하루 종일 살았습니다

— 함성호의 시 「56억 7천만 년의 고독」에서

흐린 늪에 사는 게아재비 씨

늪에서 혼자 밥을 먹고
늪에서 혼자 잠을 자는

게아재비 씨의 우울은 회갈색이다
게아재비 씨의 절망은 흑갈색이다
게아재비 씨의 슬픔은 청갈색이다
게아재비 씨의 불안은 적갈색이다
그리고
게아재비 씨의 기쁨은 금갈색

맑은 날 게아재비 씨가
흐린 늪에서 걸어나와 몸을 말린다
하늘로 날아오른다

날개 달린 금갈색 이쑤시개처럼

땅 속에서만 꽃을 피우는 난초가 있다
땅 위로 모습을 드러내는 일이 없기 때문에
본 사람이 드물다 한다

— 나희덕의 시 「땅 속의 꽃」에서

소심

마음이 밑 빠진
텅 빈 화분 같을 때
마음을 길거리 아무데나 내려놓지 못하고
그냥 안고 가는 마음일 때

내 앞으로
화분을 안고 걸어오는
남자의 화분 안에 얌전히 앉아 있는
소심

난에 무심해도
어쩌다 내가 아는 난의 이름이 소심이다
철골소심
관음소심
무슨 소심인지 모르겠으나

소심을 안은 한 남자가 내 등 뒤로 멀어져간다

톱밥난로가 있는 게바라 씨의 라면집
이름은 체 게바라 만세, 하지만 아직도
나는 체 게바라 만세에서 한 번도 라면을
먹은 적이 없다네

— 박정대의 시 「마지막이자 처음인 백야」에서

시가 연기 속에 카스트로 씨의 인생이 타들어갔다

카스트로 씨의 아흔 살 생일을 위해

90미터짜리 쿠바산 시가를 만든 카스트로 씨

카스트로 씨가 백 살이 되면

100미터짜리 시가를 만들어야 하리라

쿠바산 시가 연기 속에

카스트로 씨들의 인생이 타들어갔다

얄리얄리 얄라셩 얄라리 얄라

고려 시가를 음미할 겨를도 없이

쿠바산 시가를 빨아대면서

카스트로 씨들의 인생이 타들어갔다

오 죽여다오
혁명처럼
폭포처럼

— 박남철의 시 「지상의 인간」에서

두부 먹이기

철문 육중한 형무소에서
두목이 걸어나온다
아직도
늑대 눈빛이다

두부를 먹이자
두부를 먹이자
양떼구름을 먹일 수는 없으니까
두부를 먹이자
두부를 먹이자

두부 먹이는 일 외에
할 수 있는 일이
또 뭐가 남아 있단 말인가

나의 양 떼 속에 숨어 있는 늑대의 눈동자를 눈보라라
고 부른다 오늘 밤 눈부신 얼음의 나라로
나는 그 눈보라를 데려가야 한다

— 김경주의 시 「양 한 마리, 양 두 마리」에서

푸른 늑대

텅 빈 빌라에서 주인을 기다리며
짖어대는 개
짖어대고 짖어대다 마침내
외로운 개는
늑대 울음을 운다

저런 개는 차라리
타클라마칸 사막이나 타림 분지 같은
늑대의 고향으로
돌려보내는 게 낫지 않을까

울타리 안 양들의 순한 눈빛이
야생의 눈빛으로 번뜩일 때가 있다
양을
푸른 늑대가 물어뜯는 순간이다

"아, 미치겠다…… 너는 또 누구냐?"

　돌봐야 할 고양이가 또 보이면
　천사언니는 반갑고도 힘겨워 탄식합니다.

　　── 황인숙의 시 「고양이를 부탁해」에서

소소리바람

소소한 기쁨들도
소소리바람 따라 사라져간다

오소리가 사라진 지는 이미 오래
벌꿀오소리는 아프리카를 걸어다닌다
독사를 물어뜯고
벌꿀을 훔쳐먹는
벌꿀오소리의 소소한 기쁨들은 오소리의 것

닭 뼈다귀를 물어뜯고
쓰레기자루를 뒤적거리는
골목고양이의 소소한 기쁨들은 고양이의 것

소소한 기쁨들도
소소리바람 따라 사라져간다

금강산에 시인대회 하러 가는 날, 고성 북측 입국심사
대의 귀때기가 새파란 젊은 군관 동무가 서정춘 형을 세
워놓고 물었다. "시인 말고 직업이 뭐요?" "놀고 있습니
다." "여보시오. 놀고 있다니 말이 됩네까? 목수도 하고
노동도 하면서 시를 써야지……"

　　　— 이시영의 시 「시인이라는 직업」에서

벵갈호랑이

공항이다
화물기가 화물들을 쏟아놓는다

마약탐지견에 둘러싸인
상자를 뜯자
비틀비틀
새끼 호랑이가 걸어나온다

마취가 덜 풀린
게슴츠레한 눈으로
아홍 아홍
어미를 찾는다

이놈아
여기는
벵갈이 아니고
멕시코다

찬 새벽 역전 광장에 홀로 남으니
떠나온 것인지 도착한 것인지 분간이 없다.

— 김정환의 시「구두 한 짝」에서

새

새는 사이를 날아다닌다
하늘과 땅 사이
나무와 나무 사이
벽과 벽 사이를 날아다닌다
텅 빈 사이에서 날개 치는 새
물론
새도 구두처럼
땅에 붙을 때가 있다
그러나 그것은 잠깐
얼른 떨어진다
떨어지지 않으면 가축이 될 수도 있으니까
새는 사이를 날아다닌다
새의 즐거움은 사이를 날아다니는 것
그러나 즐거움이 지겨움으로 변할 때도 있다
갸우뚱
광장에 앉은 비둘기가
나를 쳐다본다

게 아무도 없나요?

― 김민정의 시 「그저 어항」에서

게

게는 옆으로 걷는다
똑바로 걸어가라고
충고를 하고
야단을 쳐도
게는 옆으로 걷는다
바다용왕님이 계신 곳에서도
게는 옆으로 걷는다고
김홍도는 말했다
이게 이게 눈을 흘기며 싸울 때에도
게는 옆으로 걷는다
옆으로 걷는 생을 완성한다
완성은 없다
누가 뭐래도
게는 옆으로 걷는다
옆으로 옆으로 걷는 게 게다

첫 번째는 나

2는 자동차

3은 늑대, 4는 잠수함

5는 악어, 6은 나무, 7은 돌고래

— 박상순의 시 「6은 나무 7은 돌고래, 열 번째는 전화기」에서

웃는 돌고래

헤헤
돌고래가 웃는다
조련사가 던져주는
냉동생선을 받아먹을 때에도
헤헤

조련사에게 꾸중 듣고
수조에서 혼자 벌을 설 때에도
헤헤

쇼가 있는 날
돌고래는 관객들을 웃겨 보려고
공중제비, 풍덩, 다시 공중제비,
풍덩,

돌고래는 쇼를 마치고
조련사에게 다가간다
입을 벌리고 웃는다
헤헤

왜 나는 조그마한 일에만 분개하는가
저 왕궁 대신에 왕궁의 음탕 대신에
50원짜리 갈비가 기름덩어리만 나왔다고 분개하고

— 김수영의 시 「어느 날 고궁을 나오면서」에서

골계

오골계탕을 먹는다
검은 뼈 검은 살을 버리다보니
먹을 게 없다
뚝배기를 휘저어본다
건더기를 건져본다
먹을 게 없다
국물과 분노만 남는다
계산과 분노만 남는다
펄펄 끓는 마음을 식히면서
대낮의 거리를 걷는다
한참 걷다 뒤돌아보니
오, 골계
골계가 나를 향해 두 손을 흔들며 걸어온다

사람은 정말 잘 안 죽는다
이유는 모른다

— 이영광의 시 「사람이 잘 안 죽는 이유」에서

버스에서

　건빵봉지를 들고 버스에 오른 꼬마는 내 곁에서 건빵을 씹기 시작한다. 나는 이빨로 건빵을 으깨는 소리가 그렇게 끔찍한 소리인 줄 몰랐다.

　한 정류장 지나서 지팡이를 든 노인이 버스에 오르더니 빈 자리를 찾는다. 착한 아줌마가 자리를 양보한다. 그러자 그 자리를 얼른 꼬마가 차지한다. 노인은 화가 났다. 자기가 앉을 자리에 태연하게 앉아 있는 건빵꼬마를 지팡이로 쿡쿡 찔러댄다. 꼬마는 별일 없다는 듯 건빵을 먹는다. 건방진 놈. 꼬마는 자리에서 일어나지 않는다. 노인은 지팡이로 꼬마를 뒤집어버릴 듯이 찔러댄다. 그래도 꼬마는 태연하다. 그 다음 정류장에서 꼬마가 버스에서 내린다. 노인이 비로소 노약자석에 앉는다. 존다. 코를 곤다. 나도 이런 버스가 피곤하다.

한 손으로는 입을 틀어막고
한 손으로는 대신 주머니를 혓바닥처럼 빼놓고
얼굴이 흙색이 될 때까지
거짓말을 했다.

― 신해욱의 시 「메아리」에서

까마귀 대변인

기억하시겠지만 한 대변인이 아메리카에 가서 국제적인 큰 대변을 쌌습니다. 그리고 서울로 와서 자신이 싼 대변의 대변인으로서 기자회견을 했죠. 많은 국민들이 텔레비전에 나타나 제 대변을 대변하는 대변인을 보면서 웃었습니다. 그런 대변인을 어떻게 까마귀 대변인과 비교할 수 있겠습니까.

까마귀는 자신을 저주하는 사람을 저주하지 않습니다. 까마귀는 자신을 멸시하는 사람을 멸시하지 않습니다. 까마귀는 그 어떤 비난에도 자신을 변호하지 않습니다. 이런 까마귀에게 무슨 대변인이 필요하겠습니까.

불도 없는데

생선 비늘 들썩거린다

이글이글, 입에서 거품이 나온다.

— 김기택의 시 「전자레인지」에서

파김치 상어

휴가를 가도 얼마나 피곤한지
눈에 띄는 건 파김치 상어뿐이다

물 위로 번쩍 들어올리자
상어가 인상을 쓴다
얼마나 기념사진들을 찍어댔는지
상어는 파김치다

파김치가 되든 말든
상어를 물 위로 번쩍 들어올리며
사진들을 또 찍어댄다

축 늘어져 침 흘리는 파김치 상어
기념사진을 찍자
여기는 카리브해다

죽지 마.

죽이지 마.

삶은 구질구질하다.

구질구질한 삶이 좋다.

— 박찬일의 시 「살아남은 자의 기쁨을 기다려!」에서

하마

먹다 보면 뚱뚱해진다
먹다 보면 뚱뚱해져 있다
하마는 물뚱뚱이
강의 말,이라고도 불린다
하마는 영역에 민감하다
제 영역을 넓히느라
몸을 어마어마하게 불린다
세를 과시하느라 제 주위에 똥을 뿌린다
허기는 과식을
포만감을 잠을 불러온다
물뚱뚱이를 보라
살덩어리가 얼마나 공허하고 권태로운지
하마는 자주 하품을 한다
얼마나 입이 큰지
크게 벌어진 입이
뚜껑 없는 허공처럼
잘 닫히지 않는다

시는 쓰려고 앉아 있을 때만 써지지 않지

— 이병률의 시 「시를 어떨 때 쓰느냐 물으시면」에서

알

반월형 카페 유리창 가에
노트북을 펼치고 앉아
커피를 마시는 사람들
골똘히 무슨 생각에 잠겨
밖을 내다보는 사람들

알을 품고
타조가
황막한 지평선을 내다보듯이

무슨 생각의 알들을 품고
밖을 내다보는 사람들

알
알은 그렇다
스스로 껍질을 깨고 나와야 한다

없는 소를 찾아 얼마나 많은 세월을 허비했던가

— 차창룡의 시 「개심사에서」 부분

맨드라미

관에 누운 부처가
관 뚜껑을 발로 차버리듯이
힘차게 맨드라미가 솟아 있다

태양색 발 같은
수탉 볏 같은
맨드라미

그 늠름한 붉은 볏 아래
맨드라미의 제자처럼
쓰르라미 울고

그 당당한 붉은 볏 위로
맨드라미의 스승처럼
동그라미 훤한 달 뜬다

빗방울들이 수면에다 파파파파
수천 수만의 나팔꽃 피워내는 소리를 낸다

— 이문재의 시 「귀는 얼마나 큰 눈인가」에서

누가 파파파파를 보았는가

파파파파! 피아노 건반에 파가 있고 파밭에도 파가 있다. 깨뜨릴 파破가 있고 물결 파波가 있고 비파의 파琶도 있다. 파파파파는 귀로 본 소리다. 귀는 보고 눈은 듣는다. 파파파파! 누가 파파파파를 보았는가. 파파라치들은 파파파파를 보지 못한다. 파파라치들은 빗방울에 관심이 없으니까.

그대가 받은 이 생도
아주 우연한 음악

— 유하의 시 「우연의 음악」에서

두드럭징거미새우

징검다리 징검돌들을
두드럭
두드럭
두드리는
두드럭징거미새우야
징검다리 아래로 늙은 장님 악사가
떠내려가지 않게
기다란 두 발로 징검돌들을 두드려다오
두드럭
두드럭
두드럭
두드럭
돌북처럼 징검돌들을 두드려다오
흐린 날에도 맑은 날에도
늙은 장님 악사가
징검다리를 무사히 건너갈 수 있도록

잰걸음으로 얼추 한 식경이면
그 섬을 일주할 수 있었다
나도 그런 곳에서
산보나 하며 살고 싶었다

— 진이정의 시 「등대지기」에서

섬

그는 오래 살지 않았다. 하지만 서른 살에 이미 내면이 우람해진 시인은 자기의 뿌리를 불멸에 두고 있었으니 우리는 그 내면의 나이테를 볼 수가 없다. 지상에 단 한 권의 시집을 남기고 사라진 시인,

죽은 뒤에도 시는 오래도록 펄럭이는 깃발이다. 죽음은 죽음이 없는 곳으로 나서는 문, 이제 막 문을 나선 그의 가벼운 발걸음을 생각해본다.

내 발을 한참 따라가다가
뒤늦게서야 유혹에 빠진 것을 알았다.
잘못 가는 길임을 알고나서도
한동안 그렇게 나를 내버려두는 일

— 이성부의 시 「한눈파는 발」에서

발의 즐거움

포장도로와 비포장도로가 다른 것은 그 질감뿐만이 아니다. 콘크리트나 아스팔트와 달리 비포장도로의 흙덩이에는 이루 헤아릴 수 없는 생명체들이 살고 있다. 한 흙덩이가 뭇 생명체들의 은하인 것이다.

흙길을 걸어갈 때 두 발은 대지라는 큰 북을 번갈아 두드리는 것처럼 즐겁다. 한 몸뚱이를 둘이서 떠받치고 있는 발, 발가락마다 눈알이 달린 것처럼 한눈을 팔기도 하는 발, 언제나 사이좋게 길을 가는 두 발, 그러나 꼬이면 몸뚱이가 엎어진다.

내 지렁이는

커서 구렁이가 되었습니다

천 년 동안만 밤마다 흙에 물을 주면 그 흙이 지렁이가
되었습니다

— 백석의 시 「나와 지렁이」에서

잃어버린 구렁이를 찾아서

연구원들은 위치 추적이 가능하도록 구렁이 뱃속에 소시지 모양의 발신기를 넣어둔다. 뱀눈 번들거리는 땅꾼이 구렁이를 잡아간다. 구렁이가 너무 오래 움직이지 않는다. 연구원들이 안테나를 세우고 구렁이를 찾아나선다. 구름 안개 자욱한 숲속, 안테나가 길을 잃는다. 연구원들이 하산한다. 산을 내려오는데 신호가 잡힌다. 구렁이가 건강원 뱀술항아리 속에 있다. 술에 절여진 흐린 눈으로 흐리멍덩한 세상을 바라본다.

그 흐리멍덩한 세상에 지렁이처럼 내가 산다.

삼백년 묵은 느티나무에서
하루가 맑았다고
까치가 운다

— 함민복의 시 「묵상」에서

누가 가리왕산을 안고 운다

가리왕산의 큰 슬픔에 대해서
나는 말할 자격이 없다

슬프다
누가 가리왕산을 안고 운다
왕사스레나무들이 피를 흘리며 쓰러져 있다
고작 17일간의 겨울올림픽을 위해서
천년 주목들이 넘어져 있다

기계톱들이
가리왕산의 허리를 베면서 전진한다
아름드리 들메나무가 넘어진다
눈측백나무가 넘어진다
만년석송들이 쓰러진다

슬프다
누가 가리왕산을 안고 운다

세상 살다가 너무 열 받아
도무지 보이는 것 없으면 가리

— 임영조의 시 「열목이」에서

산에 사는 열목이

열목어熱目魚를 열목이라고도 부르는 모양이다. 열목어는 물고기 이름인데, 열목이는 눈에서 불이 나는 괴물 이름 같다. 그로테스크하고 우스꽝스러운 열목이. '어'와 '이'의 어감은 이렇게 다르다.

깊은 계곡 찬물에 열나는 눈을 씻는 열목이, 사시사철 산에 사는 열목이, 열목이는 현실도피주의자일까. 산에 살면 산이 현실이고 시장에 살면 시장이 현실이다.

기교를 버려 단순해진 소리가 왜
가장 맑은 소리인지 들려주는
호랑지빠귀 소리

— 도종환의 시 「호랑지빠귀」에서

흰범꼬리풀

바람이 불면
이 풀은 조용히 범꼬리처럼 흔들린다

범
적막 속의 살해자
외로운 산왕

이제 백두대간에는 산왕이 없다
개마고원에도 지리산에도
멧돼지들이 몰려다닐 뿐

바람이 불면
이 풀은 조용히 범꼬리처럼 흔들린다

새벽에
꼴 베러가서는
손을 다치지 않는다

이슬이
앉아 있기 때문이다

— 이정록의 시 「이슬」에서

수풀떠들썩팔랑나비

　이슬 앞에서 누군가는 부드러움이 딱딱함을 이긴다는 것을 깨닫는다. 이슬 앞에서 누군가는 이슬 같은 인생에 절감한다. 그런가하면 누군가는 은하계를 이슬뭉치로 본다. 뭉쳐졌다 흩어지는 것들, 만년설이 흩어진다. 눈사람이 흩어진다. 아지랑이로 승천하는 눈사람, 멕시코 난류로 흘러가는 눈사람, 이슬 앞에서 말이 너무 많아졌다.

　수풀떠들썩팔랑나비는 이슬로 목을 축이고, 풀냄새 나는 날개를 치며 수풀떠들썩팔랑나비의 길을 간다.

민들레 말 통역사인 나비를 찾아
민들레 말 실어증 치료 한의사인 꿀벌을 찾아
뚱딴지 씨
변발한 몽골 말처럼 미친 듯이 달린다

— 함기석의 시 「갑자기 하늘에서 뚝 떨어진 뚱딴지 씨」에서

뚱딴지 꽃 피는 날

뚱딴지라고도 불리는 돼지감자를 황금색 꽃 피는 풀로 생각하는 사람은 드문 것 같다. 주로 가축의 사료로 쓰이는 돼지감자를 우리는 아기 돼지처럼 아무 생각 없이 먹을 수 있다. 식물이 식탁을 위해 자라는 세상에서 돼지감자의 효능은 변비 예방, 체지방 분해, 피부 미용 등등.

사료든 변비 예방이든 용도에 관계없이, 돼지감자는 컴컴한 흙 속에서 황금색 꽃 피는 날을 꿈꾸고 있다.

인생엔 아무 뜻도 없으므로
다만 날씨를 아는
정도에 따라
인생이 흘러간다

— 이승훈의 시 「인생」에서

왜 사는지 모르지만

인생에 뜻이 있든 없든 겨울이면 찹쌀떡 장수가 나타난다. 찹쌀떡 메밀묵에 뜻이 있든 없든 찹쌀떡 메밀묵을 큰 소리로 외친다.

겨울밤에 먹는 메밀묵은 맛있다. 동치미 국물은 시원하다. 왜 사는지 모르지만 반달가슴곰의 겨울이 가고 노랑할미새의 봄이 온다. 봄이 오면 날씨는 변덕스럽다.

뜻 깊은 하루, 일 없는 어부들이 낮술을 마신다. 뜻 없는 하루, 꼬막을 안고 아낙네들이 저무는 뻘에서 돌아온다.

한 고단한 삶이
내 어깨에 머리를 기댄 채
혼곤한 잠의 여울을 건너고 있다.

— 이수익의 시 「어느 밤의 누이」에서

물렁물렁한 바위

슬픔이 참 많았던 프란치스코 성인이

어느 날 바위에 홀로 누웠을 때

그 바위는 물렁물렁한 바위로 변해

고단한 그의 몸을 편하게 해주었다고 한다.

자신에게 기대는 자를 편하게 해주기 위해

바위는 자신이 딱딱하다는 것도 잊어버리고

부드러운 바위로 변했던 것이다.

열무 삼십 단을 이고
시장에 간 우리 엄마
안 오시네, 해는 시든 지 오래

— 기형도의 시 「엄마 생각」에서

겨울나기

흑두루미가 서리 흰 논바닥에 내려앉아 벼이삭을 주워
먹는 겨울.

냉랭한 윗목이 없고 뜨끈뜨끈한 아랫목도 없이 온기가
고루 퍼진 집에서 보일러 돌아가는 소리를 듣는다. 어느
방바닥에 드러누워도 등이 따뜻하고 보온밥통의 따뜻한
밥을 배불리 먹으니 이제 나는 추위도 가난도 배고픔도
다 잃어버린 하마 같은 사람인가 보다.

이런 밤, 가마솥에 포근포근한 밤고구마를 쪄내고
장광에 나가 시린 동치미를 쪼개오는 여인이 있었다

— 고재종의 시 「동안거冬安居」에서

겨울산

개구리의 동안거는 입을 딱 붙이고 안 먹는 것이다. 곰의 동안거는 굴 속에서 한잠 푹 자는 것이다. 나무의 동안거는 우두커니 봄을 기다리는 것이고, 산승의 동안거는 생각할 수 없는 것을 깊이 생각하며 좌선하는 것이다.

말이 안거지 들여다보면 다 고된 수행이다. 겨울산에서 나오는 봄날의 뱀을 보라. 얼마나 고되게 수행을 했는지 얼굴은 핼쑥하고 몸이 수척해서 개구리를 만나도 잡아먹을 힘이 없다.

물의 길
물에는 무슨 길이 저리 많은지

— 조용미의 시 「물 위의 길」에서

바람의 무늬들

바람은 무늬를 만든다. 물결무늬, 구름무늬, 설원의 무늬, 그 무늬들은 바람이 빚어낸 바람의 무늬들이다. 무늬는 지워진다. 무늬는 지나간다. 무늬들은 무라는 이름조차 없는 무로 사라진다. 무늬들은 돌아갈 고향조차 없다.

바람도 지나가기는 마찬가지. 발 없는 바지처럼 달리는 바람, 허리 없는 치마처럼 출렁거리는 물, 바람은 물에 머물 마음이 없고, 물은 바람을 붙들 마음이 없다.

해질녘이다. 물여우나비들이 물 위를 난다.

그가 진시황릉의 거대함을 보는 동안, 나는, 어느 한 토용의 등판에 새겨진 도공의 이름을 읽었다.

— 김소연의 시 「그러나, 거대함에 대하여」에서

만리장성

자신만만한 사람은 벽을 쌓지 않는다. 만리장성은 진시황제의 피해의식의 산물이다. 그 거대한 성벽에는 일개미들처럼 동원된 백성들의 눈물이 쌓여 있다.

호랑이는 죽어서 가죽을 남기고 사람은 죽어서 이름을 남긴다고 하지만 백성들은 죽어서 이름이 없다. 텅 빈 호랑이 가죽처럼 진시황제의 이름이 바람 부는 만리장성에 너펄거릴 뿐.

내 사랑은 내 입맛은 어젯밤에 죽도록 사랑하고 오늘 아침엔 죽이고 싶도록 미워지는 것 살기 같은 것 팔 하나 다리 하나 없이 지겹도록 솟구치는 것

불온한 검은 피, 내 사랑은 천국이 아닐 것

— 허연의 시 「내 사랑은」에서

아주 조그만 흡혈귀

빈대 잡으려다 집을 불태운 사람은 있지만 빈대에 물려 죽은 사람은 없다.

빈대는 얼른 죽이지 않는다. 아주 느리게 죽어가라고, 피 나도록 긁으면서 죽어가라고, 조용히 조용히 피를 마신다.

빈대떡처럼 커다란 빈대는 없다. 빈대는 아주 조그만 숟가락, 아주 조그만 흡혈귀다. 흙벽돌집, 갈라진 흙벽 틈에 빈대가 산다. 불을 끄고 누우면 어둠 속으로 조용히 내려오는 빈대.

밤이다. 참을 수 없는 가려움의 고통 속에서 피가 나도록 긁으면서 울부짖던 욥이 떠오른다.

노을은

나를 떠메러 온 노을도 아닌데

나를 떠메고 그리고도 한참을 더 저문다

― 장석남의 시 「해남 들에 노을 들어 노을 본다」에서

다시 노을

노을이 나를 떠메면 나는 얼마나 가벼울까. 노을은 상여꾼이 아니지만 노을이 나를 떠메면 나는 지상에서의 의무와 의미 같은 것들을 다 놓아버리고 꽃상여에 앉아 있는 나비처럼 가벼운 존재가 될까.

노을에 물든 이런 생각도 잠깐이다.

황혼이다. 홀로 걸어가는 남자를 생각한다. 꽃상여에서 내려온 나비처럼 가느다란 다리로 남도 들길을 걸어가는 한 남자.

그 허공 끝 빈자리가 나의 길
뒤돌아보면 적막히 가라앉는
종이배와 같았으니
나 삐걱 삐걱 그 길 젓고 있네

— 정끝별의 시 「나 안개에 쉬려네」에서

종이배에서 노젓기

물안개 속에서 왜 외눈박이 기린이 떠올랐는지 모르겠다. 범람하는 물안개, 긴 사다리 같은 네 다리로 외눈박이 기린이 걸어간다. 점점 자욱해지는 겨울 저녁, 익사체의 눈빛 같은 안개등들, 거리를 흘러다니는 텅 빈 외투들.

태양의 사막으로 가고 싶다. 그러나 지금은 가라앉는 종이배를 탄 것처럼 열심히 노를 저어야 할 때, 삐걱 삐걱

텅 빈 절방

책상 하나,
계곡 물소리에 사흘 밤 씻은
귀 둘,

— 이상희의 시 「송광사 가서」에서

절에서 도망치기

경치 좋은 절에 가서 경 읽은 것을 후회한다. 절방에 틀어박혀 경을 읽는 것보다는 구름을 읽고 해를 읽으면서 낮술이나 마시는 게 시인다웠다는 생각도 든다.

절에 가면 무척 심심하다. 뭘 해야 좋을지 몰라서 그냥 이리저리 아무 데로나 걸어다니다 보면 밝은 햇빛도 보고 맑은 바람도 쐬고 천진스러운 다람쥐도 만난다. 산은 산이고 물은 물이고 하늘은 하늘인 세계, 바람이 불면 풀이 흔들리고 비가 오면 땅이 젖고 배고프면 밥 먹고 피곤하면 잠자는 세계, 그 심심함을 견디는 사람은 대단한 사람이다.

심심함의 공포에 질려 우리는 절에서 도망친다. 서둘러 환속한다.

세상이 고요하다

달 속의 벌레만 고개를 돌린다

— 이성선의 시 「고요하다」에서

말의 그릇

고요는 말의 그릇이다. 아무리 말을 많이 담아도 말로 채워지지 않는 그릇, 테두리가 없고 밑바닥이 없는 그릇, 고요의 둘레는 측량이 불가능하다.

보이지 않는 고요, 먼지 한 점 속에 있으면서 온 우주를 다 감싸고 있는 고요, 만질 수 없는 고요, 냄새도 빛깔도 없는 고요.

텅 빈 고요는 오랜 세월 말을 담아왔다. 이제는 말 속에 고요를 담아야 한다.

한 편의 시가
배부르지 않은 초여름

이것 말고
다른 것 있을 듯해

— 김지하의 시 「해」에서

여백이 숨 쉴 때

몸은 나무 같은데 마음이 새 같을 때가 있다. 우두커니 바라보면 하늘, 거기에는 점 하나 찍을 수 없다. 눈썹 하나 걸어놓을 수 없다. 그 텅 빈 여백을 낮에는 해가 비추고 밤이면 달이 비춘다.

말로 배부르지 않다는 것을 잘 아는 시인들은 말을 소식小食하고 여백을 크게 먹어버린다. 여백만으로도 배부른 사람은 누구일까.

여백이 우리 안으로 드나들며 숨 쉴 때 우리는 여백으로 드나들며 숨 쉰다. 서로 드나들지만 문은 없다.

오렌지들은 한꺼번에 농담을 한다.
우리는 오렌지의 농담을 먹는다.

— 이수명의 시 「오렌지 나무의 농담」에서

낡은 말의 학교

그의 작업은 낡은 말의 학교를 무너뜨리고 그 안에 갇혀 있던 언어들을 놀이의 공간으로 끌어내는 것이다. 이 특이한 작업의 바탕에 깔린 것이 언어에 대한 연민인지도 모르겠다. 아무튼 낡은 말의 학습에 시달리던 언어들은 그로 인해 자유를 꿈꾸게 됐다고 볼 수 있다. 그렇다면 어떻게 언어들을 해방시킬 것인가. 우선 낡을 대로 낡은 말의 학교를 철거해야 한다. 그는 철거와 폭파의 전문가다.

게가 앞으로 바로 걷던 시절
배암에게도 발이 있었던 시절
열매의 윗쪽에
꽃이 피던 시절
아빠가 아기 낳던
시절

— 김춘수의 시 「비가를 위한 말놀이 3」에서

말할 수 없는 것

아빠가 아기 낳던 시절, 비유비무非有非無라고 말할 수
밖에 없는 그 시절에는 있는 것이 있는 것이 아니고 없는
것이 없는 것이 아니어서 의미는 무의미하고 무의미는 오
히려 의미가 있어 보였으며 무의미와 의미를 나누는 일은
허공을 쪼개는 것처럼 쓸데없는 짓이었다.

유마維摩는 불이不二에 대해 침묵한다. 그러나 시인은 유
마가 아니므로 말할 수 없는 것을 말하고 이름 붙일 수 없
는 것에 이름을 붙이며 언어의 길이 끊어지는 절벽 끝에서
도 언어를 내던지지 않는다.

나는 고향에 돌아왔지만
아직도 고향으로 가고 있는 중이다
그 고향⋯⋯⋯무한한 지평선에
게으르게,
가로눕고 싶다;

― 황지우의 시 「노스탤지어」에서

여행

마포갈매기집, 술 마시
고 고기 씹는 사람들이 너
무 많아 가게 문 밖 의자에
앉아 신논현 거리를 구경하
는데 갑자기 우르르르 트
렁크들이 굴러온다. 두바이
공항도 아닌데 검은 베일
속에서 아랍말 소리가 들려
온다.

트렁크에 매달아 놓은
말풍선 속의 낯선 말들처
럼, 나를 소외시키는 아랍
어. 너울거리는 검은 옷들
의 무리가 트렁크를 끌면서
저녁의 인파 속으로 멀어져
간다.

놀라워라, 조개는 오직
조개껍질만을 남겼다.

— 최승호의 시 「전집」 전문

  〈누군가의 시 한 편〉은 시에 대한 댓글의 형식으로『현대문학』에 2년간 연재되었다. 그 글들에 〈중앙일보〉에 연재했던 〈시가 있는 아침〉의 원고들, 그리고 최근에 쓴 새로운 글들을 포함시켜 이 책을 엮게 되었다. 해묵은 글들은 대부분 수정하였고 어떤 글들은 이 책에 포함시키지 않았다.

2018년 봄날, 서울에서

최승호

누군가의 시 한 편

시는 오래도록 펄럭이는 깃발이다

1판 1쇄 발행 2018년 5월 14일
1판 2쇄 발행 2019년 1월 10일

지은이 최승호
펴낸이 윤미소
펴낸곳 (주)달아실출판사

기획 박제영
편집/디자인 박상순
마케팅 배상휘

주소 강원도 춘천시 춘천로 17번길 37, 1층
전화 033-241-7661
팩스 031-241-7662
이메일 dalasilmoongo@naver.com
출판등록 2016년 12월 30일. 제494호

ⓒ 최승호, 2018

ISBN 979-11-88710-11-9   03810

○ 이 도서의 국립중앙도서관 출판예정도서목록(CIP)은 서지정보유통지원시스템 홈페이지 (http://seoji.nl.go.kr)와 국가자료공동목록시스템(http://www.nl.go.kr/kolisnet)에서 이용하실 수 있습니다.(CIP제어번호: CIP2018010821)
○ 잘못된 책은 구입한 곳에서 바꿔드립니다.
○ 책값은 뒤표지에 표시되어 있습니다.